MÉLODIES

PAR

EUGÈNE BOQUET

PARIS

IMPRIMERIE F. DEBONS ET Cᵉ

16 RUE DU CROISSANT 16

MÉLODIES

MÉLODIES

PAR

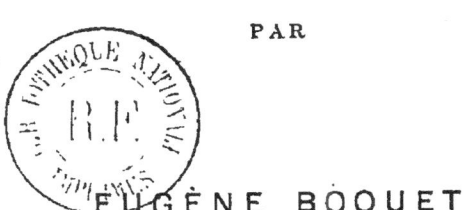

EUGÈNE BOQUET

PARIS

IMPRIMERIE F. DEBONS ET Cᵉ

16, RUE DU CROISSANT, 16

A UNE AMIE

MÉLODIES

UNE FLEUR

Dans un jardin plein de fraîcheur
Est une fleur, toujours la même,
Toujours la même en sa blancheur :
C'est une fleur blanche que j'aime.

Le matin sur ma blanche fleur
Forme un nuage de rosée
Dont chaque goutte semble un pleur,
Une perle cristallisée.

Le midi suspend sur ma fleur
Une diaphane auréole
Dont la lumière et la chaleur
Pénètrent toute la corolle.

Le crépuscule sur ma fleur
Laisse flotter un léger voile
A la bleue et pâle couleur,
Qui l'encadre comme une étoile.

Dans un jardin plein de fraîcheur
Est une fleur toujours la même,
Toujours la même en sa blancheur :
C'est une fleur blanche que j'aime.

LA ROSE

Quand je vois une rose
Entr'ouvrant demi-close
Son corset de satin
Aux baisers du matin,
Je pense à toi, ma mie,
Qui reçus, endormie,
Sur ton sein rose et blanc,
Mon baiser tout tremblant.

Quand je vois une rose
Qui sur sa tige expose
Un sein ensoleillé,
Par les grâces moulé,
Je me reporte à celle
Qui, comme elle, étincelle,
A lè charme vainqueur :
La reine de mon cœur.

Quand je vois une rose
Qùi ferme demi-close
Sa corolle où s'endort
L'insecte aux ailes d'or,
Je pense à mon amie
Qui se penche endormie
Sur mon cœur, et je sens
Frissonner tous mes sens.

LE PAPILLON

A moi le soleil, la verdure,
L'air libre comme à l'oisillon ;
A moi l'amour qui toujours dure :
Je suis, je suis le papillon.

Dès que chaque étoile s'efface,
Au ciel pâle prend son sommeil,
Dès qu'il montre sa rouge face
A l'horizon, le grand soleil,
Je m'éveille, puis je m'envole
Respirer le parfum des fleurs,
Glisser au fond d'une corolle,
De mon aile essuyer des pleurs.

Ah ! dis-moi, dis-moi, pâquerette,
Quand l'amoureuse et l'amoureux
Vont effeuillant ta collerette,
Ce que tu leur prédis d'heureux ?
Dis à l'oreille, dis, ma rose,
Si ta sœur ne reviendra pas ;
Sur quelle tête elle repose,
Sur quelle bouche, quels appas ?

Mais le zéphyre enfle mes ailes,
Il m'appelle depuis longtemps,
Et je vais voir les demoiselles
Qui se mirent dans les étangs...

Au revoir, mes belles chéries,
Je m'en vais voir les alentours,
Et je reviens, fleurs des prairies,
Ce soir contempler vos atours.

A moi le soleil, la verdure,
L'air libre comme à l'oisillon ;
A moi l'amour, qui toujours dure :
Je suis, je suis le papillon.

LE HANNETON

Je sors de terre, et toute une semaine
    Dans l'air je me promène,
    Sur la fleur en bouton :
C'est moi, c'est moi qui suis le hanneton.

Regarde, enfant, sur la blanche aubépine,
    Sur la rose églantine,
    Aux grappes des lilas
Se balancer mon corps quand il est las ;
Regarde-moi quand je prends ma volée
    Et ma course affolée
    Comme un vrai Phaéton :

C'est moi, c'est moi qui suis le hanneton.

Beauté du jour, ou brune ou rouge ou blonde,
    Qui sur la terre et l'onde
    Promènes un vainqueur
Dont les écus font seuls battre ton cœur ;
C'est grâce à moi qu'il est sous ton empire.
    Qu'il s'y plaît, y soupire,
    Y bêle en vrai mouton :
C'est moi, c'est moi qui suis son hanneton.

Ambitieux à qui tout fait envie,
    Qui consumes ta vie

A vouloir être grand,
A te hisser, monter au premier rang ;
C'est moi qui t'ai poussé jusques au faîte,
T'ai fait perdre la tête,
Te mène chez Pluton :
C'est moi, c'est moi qui fus ton hanneton.

Je sors de terre, et toute une semaine,
Dans l'air je me promène,
Sur la fleur en bouton :
C'est moi, c'est moi qui suis le hanneton.

LE PETIT OISEAU

Je me perche sur un roseau,
Au sommet, dans le creux d'un arbre,
Sur la tête de quelque marbre,
Et je chante, petit oiseau.

Vois, jeune fille, au temps d'hiver,
Sortir d'un mur, d'une gouttière,
Avec sa robe printanière,
L'oiseau qui cherche un petit ver ;
Vois-le passer tout sautillant
Sur le rebord de ta croisée,
Y becqueter dans la rosée
Le pain dont il est si friand.

Vois-le, quand penche l'arbrisseau
Sa fleur sur l'onde qui murmure,
Se balancer sur la ramure,
Happer insecte et vermisseau ;
Vois-le voler aux alentours,
Cueillir brins d'épi, brins de mousse,
En faire une couche bien douce
A sa compagne, à ses amours.

Entends-le quand le bien-aimé
T'appelle sa vie et son âme,
Sous tes yeux, sur ton cœur se pâme,
Par tes baisers est ranimé ;

2

Entends-le dans les bois, aux champs,
Au ciel, à la terre, à l'espace,
A tout ce qui respire et passe
Soir et matin dire ses chants.

Je me perche sur un roseau,
Au sommet, dans le creux d'un arbre,
Sur la tête de quelque marbre,
Et je chante, petit oiseau.

UNE SŒUR

Quand elle était toute jeunette,
A deux nous faisions la dinette,
Nous courions dans tous les sillons
Après les fleurs, les papillons ;
Quand elle était toute jeunette,
(T'en souviens-tu bien, ma Ninette ?)
J'étais toujours ton défenseur,
Oui le défenseur de ma sœur.

Quand elle fut, un beau dimanche,
Avec sa longue robe blanche
Marcher, prier dans le saint lieu,
Prendre part au banquet de Dieu,
Ah ! je crus voir, Dieu me pardonne,
Je crus voir passer la Madone,
La Madone qui s'élançait
Dans le ciel bleu, le traversait.

Quand un bouquet de fleurs d'orange
Para ma Ninette, mon ange,
J'embrassai son front et ses fleurs
Et j'y laissai tomber mes pleurs...
Quand trouverai-je une Ninette,
Une autre sœur aussi jeunette
D'esprit, de cœur, une autre sœur
Qui m'accepte pour défenseur ?

UNE AMOUREUSE

Je la voudrais toujours heureuse,
        Mon amoureuse;
Elle n'aurait qu'à demander,
        Qu'à commander;
Je serais tout à ses désirs,
        A ses plaisirs;
Elle serait mon bien suprême,
        Celle que j'aime.

Où la rencontrer, à quel signe,
        Son col de cygne,
Sa taille souple, un vrai roseau,
        Sa voix d'oiseau,
Ses petits pieds tout sautillants,
        Ses yeux brillants?
Où rencontrer ma souveraine,
        Ma seule reine?

Ah! je l'entends! Elle est là, proche;
        Elle s'approche.
Sa bouche sourit de plaisir,
        Et le désir
Naît dans ses yeux tout langoureux,
        Tout amoureux.
Ah! viens, ma vie! ah! viens, mon âme!
        Viens, je me pâme!

UNE MÈRE

Lorsque je vois un enfant mordre
Après un sein, sans en démordre,
Chercher à se tenir debout,
Se retenir à chaque bout;
Je m'arrête devant l'enfant,
Qui se rattache triomphant
Après chaque sein qui l'appelle,
Et ma mère je me rappelle.

Lorsqu'elle est dans son oratoire,
A Dieu demandant la victoire
Pour son fils qui court un danger,
Qui se bat contre l'étranger;
Qu'elle jette ce cri du cœur :
Mon fils revient, il est vainqueur!
C'est lui, ce n'est pas un mensonge...
Mère, je te revois en songe.

Lorsqu'il est auprès d'une femme
Qui chante l'amour à son âme,
Qui lui donne, comme une fleur,
Son parfum avec sa chaleur;
Qu'il s'en remet à son honneur
Du soin de faire son bonheur,
Tenant le reste pour chimère...
Un fils toujours pense à sa mère.

2.

LA FEMME

L'auteur de tout bienfait,
L'auteur de tout méfait,
L'auteur, je le proclame,
C'est la femme, la femme.

Si l'homme est mû par un bon mouvement,
Un délicat, un tendre sentiment;
S'il sent son âme éprise d'harmonie,
Des œuvres d'art qu'enfante le génie;
Si son cœur s'ouvre à toute vérité,
Bat pour l'honneur et pour la liberté,
Si pour son Dieu, sa famille, il respire :
C'est la femme, la femme qui l'inspire.

Que l'homme prenne un air rogue, grossier,
Ait le cœur froid comme un marbre, un huissier,
Tourne vers l'or des yeux chargés d'envie,
A l'acquérir, le perdre, use sa vie;
Qu'il jette au ciel un cri de révolté,
Bave son fiel sur la société,
Commette un crime et devienne un infâme :
Cherchez, cherchez, vous trouverez la femme.

O toi! que Dieu fit naître pour l'amour,
Pour être à l'homme et pour le mettre au jour,
Femme, combien le monde attend, espère
De ton amour pour le fils, pour le père!

Ah! forme-les pour le beau, pour le bien,
Ceux que l'amour t'unit par un lien!
Entoure-les de tendresse infinie,
Et tu seras du monde entier bénie!

L'auteur de tout bienfait,
L'auteur de tout méfait,
L'auteur, je le proclame,
C'est la femme, la femme.

LE CHIEN

Des amis le modèle,
Toujours bon et fidèle
A l'homme qui n'a rien,
Le chien est mon seul bien.

Sur la dune sauvage,
Aux champs, sur le rivage,
Pâtre, tu ne crains rien,
Étant avec ton chien.
Tu l'aimes comme il t'aime,
Et cet autre toi-même
Veille, range, conduit
Le troupeau qui te suit.

Lumière, es-tu ravie
A l'homme en cette vie?
Il ne trouve plus rien
Sur sa route qu'un chien,
Un chien qui s'intéresse
A lui dans sa détresse,
Qui lui lèche la main
Et lui fraie un chemin.

As tu vu la souffrance,
La mort comme espérance?
Vas-tu rêver au beau,
Artiste, en ton tombeau?

Seul, vient au cimetière,.
Pleure encor sur ta bière,
Y demeure endormi,
Ton chien, dernier ami.

Des amis le modèle,
Toujours bon et fidèle,
A l'homme qui n'a rien,
Le chien est mon seul bien.

LA PENSÉE

Quand je m'éveille et vais voir une étoile
  Qui paraît un moment,
  Disparaît lentement
Dans la blancheur ondulante d'un voile ;
Quand je m'en vais, les pieds dans la rosée,
  Écouter les doux sons
  D'un oiseau, ses chansons :
Elle est à toi ma première pensée !

Vois je tes pieds dans l'herbe qui sommeille
  Glisser tout sautillants,
  Vois-je tes yeux brillants,
Ton front si pur, ta bouche si vermeille?
Sens je ta main dans la mienne pressée,
  Ton sein avec le mien
  Former un doux lien?
Elle est à toi mon unique pensée !

Quand le jour tombe et que mon cœur s'élève
  Demandant au Seigneur
  Santé, paix et bonheur
Pour ceux que j'aime, aime à voir même en rêve ;
Quand le sommeil tient son aile baissée
  Sur mes yeux demi-clos,
  Mes esprits au repos :
Elle est à toi ma dernière pensée !

LES CERISES

Te souviens-tu sur le chemin,
Quand nous pouvions avec la main
Cueillir sur l'arbre des cerises ?
Qu'elles étaient bonnes, exquises !

Te souviens-tu quand, tout enfant,
Je les accrochais, triomphant,
Après tes blonds cheveux qui frisent,
Les belles, les rouges cerises ?

Te souviens-tu de l'heureux temps
Où les premiers fruits du printemps
Tu les portais à tes oreilles,
Les cerises toutes vermeilles ?

LA PÊCHE

Qu'il est donc beau voir la pêche mûrir,
            De duvet se couvrir,
            Que sa robe éclairée
Par le soleil se détache empourprée.

Qu'il est donc doux passer sur des contours,
            Ce moelleux, ce velours,
            La main avec la bouche :
C'est comme un sein de maîtresse qu'on touche.

Qu'il est donc bon entre ses dents presser,
            Sentir fondre et passer
            La pêche cramoisie :
C'est un nectar, une vraie ambroisie.

LA MOUCHE

Combien j'aime, en pleine lumière,
Voir se jouer un peu partout,
Voltiger, s'arrêter sur tout,
La mouche à robe printanière.

Combien j'aime la voir, à table,
Avancer sa trompe sans bruit,
Humer la fleur, humer le fruit,
Et faire un repas délectable.

Combien j'aime à voir une mouche
Profiter du léger sommeil
D'une belle jusqu'au réveil,
Pour embrasser son sein, sa bouche !

MARRAINE

Fée aux yeux noirs, aux blonds cheveux,
Qui de mon cœur es seule reine,
Qui reçus mes plus doux aveux,
Apparais-moi, belle marraine.

Toi seule peux sur mes chagrins
Verser le baume d'espérance,
Toi seule peux de jours sereins
Me donner entière assurance ;
C'est à toi seule que je fais
De tous mes pensers confidence,
C'est toi qui par tous tes bienfaits
Te révèles ma Providence.

Il ne peut trop être loué
Ton esprit, qui toujours rayonne,
Est sérieux, est enjoué,
Qui comme un enfant papillonne ;
Il ne peut trop être connu,
Ton cœur si bon, si plein de charmes,
Que s'il était mis tout à nu,
J'irais l'embrasser plein de larmes.

Si tu le veux prendre mon cœur,
Dis un seul mot, je te le donne ;
Si tu me prends pour ton vainqueur,
A toi seule je m'abandonne ;

Si tu le veux, tout mon amour,
Dis un seul mot, belle marraine,
Il est à toi, la nuit, le jour,
A toi seule, ma souveraine.

Fée aux yeux noirs, aux blonds cheveux,
Qui de mon cœur es seule reine,
Qui reçus mes plus doux aveux,
Apparais-moi, belle marraine.

SOUVENIR

Vous avez beau dans ma demeure
 Ne plus venir,
J'y vis avec vous, à toute heure,
 De souvenir.

 Ah ! je vous vois, ma tourterelle,
 Le mois dernier,
Rendre visite à ma tourelle,
 Vrai pigeonnier ;
Mais déjà votre aile me touche,
 S'écarte un peu :
Elle me donne, votre bouche,
 Baiser de feu ;
Ah ! ce baiser, douce rebelle,
 Vous fut rendu ;
Il ne fut pas, ma toute belle,
 Baiser perdu.

Vous avez beau dans ma demeure
 Ne plus venir,
J'y vis avec vous, à toute heure,
 De souvenir.

LA MARGUERITE

J'ai rencontré sur mon chemin
Une marguerite oubliée,
Et je ne sais pourquoi ma main
L'a toute, en tremblant, effeuillée

Petite fleur chère aux amants,
Peux-tu me dire à qui ma mie
Rêve en quittant ses vêtements,
En se coiffant tout endormie ?
Et la marguerite me dit
D'aider ma mie à sa toilette ;
La marguerite me prédit
Une nuit d'amour bien complète.

Ah ! marguerite, est-ce bien vrai
Que ma mie est prête à se rendre ?
Va me confier son secret,
Va me laisser tout entreprendre ?
Oui, la marguerite me dit
Qu'elle m'aime autant que je l'aime ;
La marguerite me prédit
Plaisir d'amour, bonheur suprême.

Mais, hélas ! ce n'est pas pour moi
Que ma mie apprête sa couche,
Se sent prise d'un doux émoi,
Ouvre ses bras, son sein, sa bouche...

3.

Ah ! la marguerite me dit
Que l'espérance m'est ravie;
La marguerite me prédit
Douleurs d'amour toute la vie.

J'ai rencontré sur mon chemin
Une marguerite oubliée,
Et je ne sais pourquoi ma main
L'a toute, en tremblant, effeuillée.

LES YEUX

J'ai vu ses yeux interroger l'espace,
　　Demander à tout ce qui passe
　　S'il est bien loin, s'il reviendra,
Qui le retient, le volage, l'ingrat ;
Ils étaient pleins de fièvre, de feu sombre,
　　Pleins d'éclairs rayonnant dans l'ombre,
　　Ses grands yeux noirs levés aux cieux,
Ses grands yeux noirs, deux brillants précieux,

J'ai vu ses yeux au doux espoir renaître,
　　Car elle a cru le reconnaître,
　　Elle l'a vu, c'est lui qui vient,
Le bien-aimé, c'est bien lui qui revient ;
Ils sont tout pleins de sourires, de larmes,
　　Tout pleins de grâces et de charmes,
　　Ses grands yeux noirs, deux diamants,
Ses grands yeux noirs, véritables aimants.

J'ai vu ses yeux prendre un plaisir extrême
　　A regarder celui qu'elle aime,
　　A lui dire ses sentiments,
A recevoir tous ses embrassements ;
Ils sont remplis d'une céleste flamme,
　　Pénètrent jusqu'au fond de l'âme,
　　Ses grands yeux noirs si radieux,
Ses grands yeux noirs, le miroir de mes yeux.

L'ESPRIT

L'esprit court les rues,
Prétend un chacun :
Il n'est plus de grues,
De Jocrisse aucun.

Qu'on a de l'esprit
Pour peindre sa flamme,
Quand on est mari
Pour tromper sa femme ;
Qu'elle a de l'esprit
Toujours une femme,
Quand son cher mari
Porte ailleurs sa flamme.

Qu'il a de l'esprit,
Le roi galant homme :
Il offre un abri
Au pape dans Rome ;
Qu'elle a de l'esprit,
La Prusse guerrière :
Elle se nourrit
De si forte bière.

Qu'on a de l'esprit
Quand on est critique,
Quand on est guéri
De la politique ;

Qu'on a de l'esprit
Quand on sait se taire,
Quand de tout on rit
Ainsi que Voltaire.

L'esprit court les rues,
Prétend un chacun :
Il n'est plus de grues,
De Jocrisse aucun.

LE CŒUR

Tout bon sentiment
Dans le cœur se trouve ;
Tout bon mouvement,
Notre cœur l'éprouve.

Voit on en chemin
Quelqu'un qui demande ?
Vite dans sa main
On met son offrande.
Voit on sous le flot
Quelqu'un qui s'engouffre ?
Vite on est à l'eau,
On sonde le gouffre.

Pour la Liberté
Soyons pleins de flamme,
A la vérité
Ouvrons, tous, notre âme ;
Soyons animés
D'amour pour la France,
Courons, tous armés,
A sa délivrance.

Que notre amitié
Serve de modèle,
Que notre moitié.
Soit toujours fidèle ;

Qu'elle ait la gaîté,
Ma belle chérie !
Qu'elle ait la santé,
Ma chère patrie.

Tout bon sentiment
Dans le cœur se trouve ;
Tout bon mouvement,
Notre cœur l'éprouve.

A UN JEUNE HOMME

Jeune homme, as-tu du goût pour les discours
   Qu'on fait aux tribunaux, aux cours?
Engage-toi dans cette confrérie
   Où l'on fait de la plaidoirie.

Vois ce docteur d'un bonnet noir coiffé,
   De noir aussi tout étoffé,
Faire un discours suivi de répartie,
   Pour le besoin de sa partie ;
Puis, l'exercice une fois terminé,
   Qu'il ait perdu, qu'il ait gagné,
Quitter rabat, toque, toge et confrères,
   Rire, en comptant ses honoraires.

Vois s'escrimer pour n'importe quel cas
   Ces vieux, ces jeunes avocats :
L'un contre l'autre ils s'avancent, reculent,
   Ouvrent la bouche, gesticulent ;
Que de raisons, que de mots confondus,
   De traits, de coups lancés, rendus...
Les bons clients sauront ce que leur coûte
   Un procès où l'on ne voit goutte.

Vois-le plier sous le poids des procès,
   De ses succès, ses insuccès,
Cet avocat que le Palais renomme,
   Prend aisément pour un grand homme :

Il a du bien autant qu'un grand seigneur,
    Peut jouir en paix du bonheur ;
Mais le client est là qui le réclame,
    Malgré ses enfants et sa femme.

Jeune homme, as-tu du goût pour les discours
    Qu'on fait aux tribunaux, aux cours ?
    Engage-toi dans cette confrérie
    Où l'on fait de la plaidoirie.

UN TRIO D'AVOCATS

Ils étaient au moins trois avocats, presque illustres,
De six à douze lustres,
Que leur ville natale a cru des orateurs,
Quand c'étaient des rhéteurs.

Politique, c'est toi qu'ils ont seule servie,
C'est toi qu'ils ont suivie
Aux clubs, aux cabarets, dans tous les bons endroits
Où l'on apprend ses droits ;
C'est toi qui leur donnas le sein comme nourrice
Et comme institutrice,
Qui les as fait monter à l'assaut du pouvoir
Avec tout leur savoir.

L'un, le plus renommé du trio politique,
Pour son esprit pratique,
A pris la toque d'or d'avocat général
Et le ton magistral ;
Il ne s'affiche plus avec les démagogues :
Il les prend pour des dogues
Que l'on doit museler, enchaîner, déporter,
Si l'on veut exister.

L'autre, aimable, ingénu comme une demoiselle,
Fait à présent du zèle

Dans un département où l'habit de préfet
    Fait sur lui bon effet.
Il ne prend plus avis que de son Égérie,
    Dame de confrérie,
Qui le veut à l'autel, au trône rallier
    Et faire marguillier.

Le troisième, un braillard de la place publique,
    S'est fait en République
Donner par ses clients mandat impératif
    Au Corps Législatif,
Pour nous faire tomber dans le fédéralisme,
    Le matérialisme,
Pour rendre tout commun entre les citoyens,
    Les femmes et les biens.

Ils étaient au moins trois avocats, presque illustres,
    De six à douze lustres,
Que leur ville natale a cru des orateurs,
    Quand c'étaient des rhéteurs.

LE DRAPEAU FRANÇAIS

Ils avaient dit dans leur haine sauvage :
Il n'ira plus de rivage en rivage
    Porter son renom, ses succès,
Il est à nous, le vieux drapeau français ;
Il n'ira plus rayonner sur le monde,
Faire lever la liberté féconde,
    Ce vieux drapeau si glorieux,
    Il est à nous, Prussiens victorieux.

Nous leur disons : malgré votre conquête,
Ce vieux drapeau marche toujours en tête
    Quand il s'agit d'humanité,
D'art, de progrès, de droit, de liberté ;
Ce vieux drapeau, c'est l'esprit de la Gaule
Qu'il va jéter de l'un à l'autre pôle,
    C'est la croix du monde chrétien
Qu'il va porter dans le monde païen.

Ce vieux drapeau, qu'investie, affamée,
N'eût pas rendu notre vaillante armée,
    La trahison vous le livra ;
Mais à la France un jour il reviendra,
Il lui rendra l'Alsace et la Lorraine,
Où votre force est seule souveraine,
    Où vous commettez tant d'excès,
Où, malgré vous, chaque cœur est Français.

Ce vieux drapeau, quand Dieu marquera l'heure,
Il sortira brillant de sa demeure,
    Il combattra pour le bon droit,
Il rendra fiers son pays et son roi;
Ce vieux drapeau, c'est avec la victoire
Qu'il entrera sur votre territoire,
    De Metz, Sedan se vengera,
Et dans un autre Iéna triomphera.

UN BEL HOMME

Celui qui la nuit me parle d'amour,
Je ne dirai pas comment il se nomme
(Je crois, entre nous, que c'est un tambour);
Mais qu'il est bel homme! ah! qu'il est bel homme!

Ce fut en sortant du grand Opéra,
Où je tiens le soir le rang d'odalisque,
D'almée, appelée à la ville un rat,
Que je rencontrai mon homme obélisque;
Ah! comme j'eus peur, voyant ce grand I
Qui se tenait droit devant ma voiture,
Me jetait dedans comme un vrai bandit,
Faisait, en riant, tomber ma ceinture.

Voilà pourtant comme il fut mon vainqueur,
Il m'a fait la cour, ce grand capitaine;
Voilà pourtant comme il a pris mon cœur,
Il s'est fait aimer de façon certaine;
Ah! que je suis donc heureuse en amour,
Avec un bel homme, un aussi bel homme,
Qui ronfle la nuit comme un vrai tambour,
Et pendant le jour fait encore un somme!

Pourvu qu'il consente à se marier...
Mais non, il m'a dit que c'était trop bête;
Que du moins il veuille un peu travailler...
Non, il aime mieux toujours être en fête.

Ah! qu'il soit donc fait suivant ses désirs :
J'ai de quoi pourvoir à tous ses caprices,
Passer avec lui ma vie en plaisirs,
De son amour seul faire mes délices.

Celui qui la nuit me parle d'amour,
Je ne dirai pas comment il se nomme
(Je crois, entre nous, que c'est un tambour);
Mais qu'il est bel homme ! ah! qu'il est bel homme !

UN RÊVE DE LORETTE

Ah! quel horrible cauchemar!
Crie en sursaut une lorette
Qui digère mal le homard,
Appelle en hâte sa soubrette.

Je vois la bande des gommeux
Me louer à tant la journée,
Me payer des soupers fumeux,
Tomber dans mes bras, avinée.

Je vois des garçons, des maris
Faire chez moi de la débauche,
M'en payer d'avance le prix,
Et m'épouser de la main gauche.

Je vois Alphonse, mon vainqueur,
Me manger tout ce que je gagne,
Me laisser ses accroche cœur,
Avant de partir pour le bagne.

LE MARIAGE D'ADOLPHE

Un bon bourgeois de comédie, Arnolphe,
   Sentit le besoin, étant veuf,
   D'avoir au cœur un amour neuf,
D'être appelé bébé, gros père, Adolphe.

Adolphe donc, à Paris, un été,
   Vit la friponne de Lisette,
   Qui lui fit risette, risette,
Qui lui fit prendre un char numéroté.

Lisette mène Adolphe à la campagne,
   Court, papillonne dans les prés,
   L'entraîne dans tous les fourrés,
Soupe avec lui de homard, de champagne.

Adolphe sable et champagne et pomard
   Tant et tant, qu'après la salade,
   Le cœur lui tourne, il est malade,
Il ne peut plus digérer le homard.

Lisette mène à domicile Adolphe,
   Lui sert force tisane et thé,
   Le veille en sœur de charité,
Et puis après devient madame Arnolphe.

AMANT ET MARI

D'où vient qu'un mari, près de sa moitié,
    Souvent perd sa place?
D'où vient qu'un amant, par pure amitié,
    Souvent le remplace?

C'est qu'il n'a pas pris, le mari vainqueur,
    Soin de sa conquête;
Il n'a pas pris soin, le mari, du cœur,
    De lui faire fête.
C'est qu'il a pris soin, l'amant, de chercher
    L'endroit accessible;
Il a pris le soin, l'amant, de toucher
    La corde sensible.

Un mari, pourtant, a pour lui le droit,
    Droit incontestable.
La loi l'a sacré, l'a proclamé roi,
    Seul roi véritable.
Oui, mais un amant est le seul seigneur,
    Seigneur qui commande;
Toujours il apporte au cœur le bonheur
    Bonheur qu'on demande.

Maris, voulez-vous goûter le bonheur
    Près de votre épouse?
Voulez-vous qu'elle ait soin de votre honneur,
    Qu'elle en soit jalouse?

Pour elle soyez toujours des amants,
    Des amants modèles;
Soyez des amants toujours bons, aimants,
    Et toujours fidèles.

D'où vient qu'un mari, près de sa moitié,
    Souvent perd sa place?
D'où vient qu'un amant, par pure amitié,
    Souvent le remplace?

L'AMOUR

L'amour, l'amour ne se peut taire :
C'est le chant que toute la terre,
Jour et nuit, adresse au Seigneur;
L'amour, l'amour, c'est le bonheur.

Étoile au sein vierge, argenté,
Viens me voir, dit la mer profonde;
Viens sur mon sein tout velouté,
Dit la fleur à l'abeille blonde ;
Viens te baigner dans mes rayons,
Dit le soleil à notre globe;
Venez, passereaux, papillons,
Dans l'air étaler votre robe.

L'amour le plus pur, le meilleur,
C'est celui que donne une mère ;
L'enfant n'en cherche pas ailleur :
Sa douleur serait trop amère.
L'amour, l'amour qui rend heureux,
C'est celui que l'homme et la femme
Éprouvent, s'unissant entre eux,
Ne formant qu'un corps et qu'une âme.

J'aime le beau, le bien, le vrai,
Dit l'artiste, et de la nature
J'observe l'œuvre, le secret,
Je cherche à tracer la peinture.

J'aime le beau, le bien, le vrai,
Dit le prêtre, et dans la nature,
Je vois Dieu partout qui paraît,
Qui fait tout pour sa créature.

L'amour, l'amour ne se peut taire :
C'est le chant que toute la terre,
Jour et nuit, adresse au Seigneur;
L'amour, l'amour, c'est le bonheur.

A SAINT-VALERY

OPÉRETTE EN UN ACTE

PERSONNAGES

CHARLES ARTAUD, capitaine au long cours.

Madame ARTAUD, mère.

ADÈLE PÉRIER, veuve.

UN PILOTE.

UNE MATELOTE.

MATELOTS ET MATELOTES.

La scène se passe à Saint-Valery (Somme).

A SAINT-VALERY

UN SALON SUR LE QUAI DU PORT

A droite : une porte, deux fenêtres donnant sur un jardin ;
A gauche : portes donnant sur deux chambres à coucher ;
Au fond : deux fenêtres, une grande porte de plain pied avec le
quai du port.

SCÈNE PREMIÈRE

La mère, le pilote, une matelote sont sur le pas de la porte don
nant sur le quai du port les fenêtres du fond sont ouvertes,
un bateau rentre au port; matelots, matelotes sont sur le
quai attendant la rentrée des bateaux de pêche.

CHŒUR DE MATELOTES.

Bateau de pêche errant au gré du flot
     Avec le matelot,
Reviens, reviens au bassin de la Somme
     Et ramène mon homme.

LA MÈRE anxieuse, au pilote.

Mon fils, le capitaine ?

3.

LE PILOTE.

Il vient ;
Le voici qui débarque,
Qui saute de la barque ;
Au milieu de nous il revient.

(Charles entre suivi de matelots, matelotes.)

CHARLES

Ah ! quel bonheur de revoir ceux qu'on aime,
Son pays,
Ses amis ;
Pour le marin, le bonheur est extrême.

Il entend les signes d'adieu,
Les voit encor, quittant la côte,
Puis hardiment prend la mer haute
En se recommandant à Dieu ;
Plus rien que le ciel sur sa tête,
À ses pieds que le flot mouvant ;
Plus rien que le souffle du vent,
Le grondement de la tempête ;
Il monte, il descend, il s'endort
Avec la vague qui le porte,
Le vent qui souffle, qui l'emporte,
Heureux, enfin ! aborde au port.

CHARLES et le CHŒUR DE MATELOTS,
MATELOTES.

Ah ! quel bonheur de revoir ceux qu'on aime,
Son pays,
Ses amis ;
Pour le marin, le bonheur est extrême.

LE PILOTE, à Charles.

Capitaine, c'est juste à point
Que vous arrivez de voyage :
Vous allez être le témoin,
Le témoin de mon mariage.

CHARLES.

Ah ! pour toi se lève un beau jour.

LE PILOTE, présentant la matelote.

Il se lève enfin le beau jour
Où le pilote
Voit son amour
Partagé par la matelote.

CHARLES.

Matelots de Saint-Valéry :
Un vivat pour notre pilote.

CHŒUR DE MATELOTS, MATELOTES.

Un vivat pour notre pilote.

CHARLES.

Autre vivat pour le mari,
Le mari de la matelote.

CHŒUR DE MATELOTS, MATELOTES.

Autre vivat pour le mari,
Le mari de la matelote.

LE PILOTE.

Mes bons amis, à l'église, au repas,
A la danse vous ne manquerez pas.

CHŒUR DE MATELOTS, MATELOTES.

Tous les amis vont,aller à la noce,
Y vont aller sans prendre de carrosse.

(Tous se retirent par le fond, à l'exception de
Charles et sa mère)

SCÈNE II

CHARLES ET SA MÈRE

LA MÉRE.

Mon fils, des larmes dans tes yeux,
Quand tu me reviens de voyage,
Au milieu de ces chants joyeux,
Quand se prépare un mariage.

CHARLES.

Ah! pour moi, quand viendra le jour
Où mon âme, toute ravie,
Dira son premier chant d'amour
A la compagne de sa vie.

LA MÈRE.

Après une absence d'un mois,
Faire encore entendre à ta mère
Tes vieilles amours d'autrefois,
Jouet des vents, de l'onde amère.

CHARLES.

Ah ! je verrai toujours
Présentes mes amours,
Présente la cruelle,
Adèle, Adèle, Adèle.

LA MÈRE.

Charles, mon pauvre Charle,
Plus jamais ne me parle
De ta belle aux doux yeux,
Au cœur capricieux.

CHARLES.

Que me dis-tu là, ma mère ?

LA MÈRE.

Tu poursuis une chimère.

CHARLES.

Une chimère, mon amour,
L'amour dont mon âme est remplie.

LA MÈRE.

C'est, je te dis, une folie :
Il n'est pas payé de retour.

CHARLES.

Ah ! quel autre prend place,
Près d'elle me remplace,
Oui, qui vit dans son cœur,
Qui l'aime, est son vainqueur ?

Tu me disais, Adèle :
Je dois rester fidèle
A qui reçut ma foi,
Mais je n'aime que toi.
Puis quand la Parque sombre
Eut mis à l'état d'ombre
Ce riche et vieil époux
Dont j'étais si jaloux,
Tu me disais, Adèle :
Sois un ami fidèle
Pour moi, pour moi, ta sœur,
Sois, sois mon défenseur.
Enfin, après l'année
De ton deuil terminée,
Quand je volai vers toi,
Le cœur rempli de foi,
Tu me disais, Adèle :
A toi, l'ami fidèle,
Je me lie à jamais,
Car c'est toi que j'aimais.

ENSEMBLE :

CHARLES.

Ah ! quel autre prend place,
Près d'elle me remplace,

Oui, qui vit dans son cœur,
Qui l'aime, est son vainqueur?

LA MÈRE.

Ah ! je sais qui prend place,
Près d'elle te remplace,
Oui qui vit dans son cœur,
Qui l'aime, est son vainqueur.

SCÈNE III

CHARLES, SA MÈRE, LE PILOTE

LE PILOTE, arrivant par le jardin en costume
de marié.

Mon capitaine, une lettre pour vous.

CHARLES, prenant la lettre.

Une lettre d'Adèle...
                    (A sa mère.)
    Ah ! lis-la-nous.

LA MÈRE.

Tu veux que je regarde
Si c'est un billet doux ;
Prends garde, ami, prends garde !
Tu n'es pas son époux.

                    (Elle lit.)

ENSEMBLE.

CHARLES.

L'espérance et la crainte
Me gagnent tour à tour ;
Va t elle sans contrainte
Me dire son amour?

LE PILOTE,

L'espérance et la crainte
Le gagnent tour à tour;
Va t-elle sans contrainte
Lui dire son amour?

LA MÈRE, avec joie.

Elle arrive, arrive aujourd'hui.

CHARLES.

Ah ! pour moi le bonheur luit,
Ce n'est plus maintenant un songe,
Non, non ce n'est plus un mensonge :
Il arrive, arrive aujourd'hui.

Dieu de bonté, je vous bénis ;
C'est vous qui me rendez Adèle,
Qui me la ramenez fidèle ;
Grâce à vous, nous serons unis.
Mère, elle va bientôt venir,
Mon Adèle, celle que j'aime,

Comme toi, d'un amour extrême ;
Aujourd'hui tu vas nous bénir.
Adèle, Adèle, je t'attends,
Ici bientôt tu vas paraître,
Et tout mon amour va renaître,
Fleurir comme un jour de printemps.

ENSEMBLE :

CHARLES, SA MÈRE, LE PILOTE.

CHARLES.

Ah ! pour moi le bonheur luit,
Ce n'est plus maintenant un songe,
Non, non, ce n'est plus un monsonge :
Il arrive, arrive aujourd'hui.

LA MÈRE.

Ah ! pour lui le bonheur luit,
Ce n'est plus maintenant un songe,
Non, non, ce n'est plus un mensonge :
Il arrive, arrive aujourd'hui.

LE PILOTE.

Ah ! pour nous le bonheur luit,
Ce n'est plus maintenant un songe,
Non, non, ce n'est plus un mensonge :
Il arrive, arrive aujourd'hui.

CHARLES.

Mère, il nous faut nous parer au plus vite,
Car nous allons recevoir sa visite.

LA MÈRE.

Charle, il nous faut nous parer au plus vite,
Car nous allons recevoir sa visite.

LE PILOTE.

Il faut, tous deux, vous parer au plus vite,
Car vous allez recevoir sa visite.

Il les reconduit jusqu'aux chambres à coucher.

SCÈNE IV.

LE PILOTE, revenant.

Ah! pour moi le bonheur luit:
Il arrive, arrive aujourd'hui.

Il va vers le jardin

SCÉNE V.

LE PILOTE, ADÈLE.

ADÈLE, venant par le jardin.

Le capitaine Artaud?

LE PILOTE.

C'est ici, belle dame...
Reposez-vous un peu....

A part.

Moi, je vais voir ma femme

Il va vers le jardin.

ADÈLE.

Brave homme, allez donc dire au capitaine Artaud
Que madame Périer le demande au plus tôt.

LE PILOTE.

Périer, Périer... madame est donc la veuve?

ADÈLE.

Ah! comment savez vous
Que je n'ai plus d'époux?

LE PILOTE.

Vous le dites... c'est la meilleure preuve.
Mais je vais près de vous
Conduire la promise;
Vous viendrez avec nous
A la noce, à l'église.

ADÈLE.

Quel est donc ce mystère?

LE PILOTE.

Je devrais vous le taire.

ADÈLE.

Dites, renseignez-moi...
(Mon cœur est tout tremblant d'émoi...)
Dites, je vous en prie,
Qui donc aujourd'hui se marie?

LE PILOTE.

Le mari, c'est moi, le mari,
Moi, pilote à Saint-Valery,
Qni me marie aujourd'hui même
A la matelote que·j'aime.

Regardez le beau bouquet blanc
Qu'elle a placé, tout en tremblant,
Qu'elle a placé, la matelote,
Qu'elle a placé sur son pilote.
Petite fleur de l'oranger,
Que ton parfum est doux, léger !
C'est celui que la matelote
Fait respirer à son pilote.
Tu resteras là, cher trésor,
Là, sur mon cœur, jusqu'à la mort !
Il restera sur le pilote,
Le bouquet de la matelote.

ENSEMBLE.

LE PILOTE.

Le mari, c'est moi, le mari,
Moi, pilote à Saint-Valery,
Qui me marie aujourd'hui même
A la matelote que j'aime.

ADÈLE.

Le mari, c'est lui, le mari,
Lui, pilote à Saint-Valery,

Qui se marie aujourd'hui même
A la matelote qu'il aime.

ADÈLE.

Que le bonheur vous accompagne !

LE PILOTE.

Je vais vous chercher ma compagne.

ADÈLE.

Je vous attends

LE PILOTE.

Elle m'attend.

Il sort par le jardin.

SCÈNE VI.

ADÈLE, pensive.

Mon cœur se trouble... il l'aime tant !

SCÈNE VII.

ADÈLE ET CHARLES.

CHARLES, venant de la chambre à coucher.

Madame !

6.

ADÈLE.

Ami !

CHARLES.

Vous me rendez, Adèle,
Ce nom d'ami si doux ;
J'y veux être fidèle
En étant votre époux.

ADÈLE.

Quand j'étais jeune fille,
J'avais déjà ton cœur,
Et déjà ta famille
Te nommait mon vainqueur ;
Mais le vent d'infortune
S'abat sur mes parents,
Disperse leur fortune
Parmi les flots errants,
Et pour rendre à mon père
Le crédit et l'honneur,
Lui faire un sort prospère,
J'engage mon bonheur ;
Enfin, libre à cette heure,
Je reviens pour toujours,
Faire dans ta demeure
Le nid de nos amours.

CHARLES.

Nos amours vont renaître,
Nos beaux jours reparaître ;

Il est à tes genoux,
Ton ami, ton époux.

ADÈLE.

Charles, relève-toi,
Je t'engage ma foi ;
Appelle-moi ta femme
Et ta vie et ton âme.

ENSEMBLE.

ADÈLE et CHARLES.

Qu'il est donc doux d'aimer !
D'entendre la nature
Et chaque créature
Le dire, l'exprimer !

Mer, tu dis au soleil,
A son premier réveil,
Qu'il échauffe ton onde,
Qu'il échauffe le monde ;
Oiseau : tu dis au vent
Qu'il te mène souvent
Dans la verte prairie
Où la graine est mûrie ;
Fleur, tu dis au Seigneur
Que tu sens le bonheur

Quand le papillon pose
Sur ton sein, se repose.

Qu'il est donc doux d'aimer !
D'entendre la nature
Et chaque créature
Le dire, l'exprimer !

SCÈNE VIII.

ADÈLE, CHARLES et sa MÈRE.

La mère sur le seuil de la chambre à coucher.

Elle t'aime, elle t'aime encor.

ENSEMBLE.

ADÈLE et CHARLES.

Oui, bonne mère, je l'adore,
Et nous tombons à tes genoux.
Unis, bénis les deux époux.

LA MÈRE.

Et le notaire ?

ENSEMBLE.

ADÈLE et CHARLES.

Il viendra plus tard, le notaire.

LA MÈRE.

Non, je le veux aller voir à Paris,
Lui demander, à ce célibataire,
S'il est de vous, ma belle, encore épris.

Adèle et Charles se sont relevés.

ADÈLE.

Mon notaire!... Ah ! plaisante affaire...
Se marier à soixante ans,
Marier l'hiver au printemps...
Non, non, non ; ce n'est pas à faire.

> Ah ! comme il rira
> Quand il apprendra
> Qu'il faut à son âge
> Entrer en ménage;
> Comme aussi rira,
> Lisant ce contrat,
> Sa plus jeune fille,
> Mère de famille.
> Oh ! comme il rira
> Et me laissera.
> La chose est certaine,
> A mon capitaine.

ENSEMBLE.

ADÈLE et CHARLES.

ADÈLE.

Mon notaire!... Ah ! plaisante affaire...
Se marier à soixante ans,
Marier l'hiver au printemps...
Non, non, non ; ce n'est pas à faire.

CHARLES.

Son notaire !... Ah ! plaisante affaire...
Se marier à soixante ans,
Marier l'hiver au printemps...
Non, non, non ; ce n'est pas à faire.

> Adèle et Charles se dirigent vers le fond,
> regardant la mer ; on entend au loin
> les cloches sonner un mariage.

ENSEMBLE.

ADÈLE, CHARLES et sa MÈRE

ADÈLE.

Entends-tu les cloches qui sonnent ?
Comme avec joie elles résonnent !
    Digue, dingue, don ;
    Marions-nous donc.

CHARLES,

Entends-tu les cloches qui sonnent?
Comme avec joie elles résonnent !
    Digue, dingue, don ;
    Marions nous donc.

LA MÈRE.

Entendez les cloches qui sonnent ;
Comme avec joie elles résonnent :
    Digue, dingue, don ;
    Mariez-vous donc.

SCÈNE IX.

La noce arrive sur le quai et entre dans la maison du capitaine
Chœur de matelots, matelotes.

Suivons tous, à Saint-Valery,
Le mariage du pilote ;
Il sera toujours bon mari,
Bon mari pour la matelote.

    Le pilote présentant la matelote en mariée.

Ah ! mes amis, quelle fraîcheur
    A son visage ;
Quelle senteur, quelle blancheur
    A son corsage ;

Ah ! quand étincellent ses yeux
    Dessous son voile,
Je crois, dans les flots, dans les cieux,
    Voir une étoile ;
Ah ! nous aurons de bien beaux jours,
    Pleins de mystère,
Nous aurons de longues amours
    A bord, à terre.

> Adèle, Charles et sa mère vont se mêler à la
> noce, et on entend au loin tout le monde
> répéter :

ENSEMBLE.

Suivons tous, à Saint-Valery,
Le mariage du pilote :
Il sera toujours bon mari,
Bon mari pour la matelote.

FIN

www.ingramcontent.com/pod-product-compliance
Lightning Source LLC
Chambersburg PA
CBHW070822260626

47161CB00006B/2377